Jornada de Alexander con Jesús

Por Ashton Bohannon
Ilustrado por Jason Velazquez

Impreso en los Estados Unidos de América.

Por Ashton Bohannon

Publicado Truly Rooted Kids

Hardcover ISBN: 979-8-9895350-0-2
Paperback ISBN: ISBN: 979-8-9895350-1-9
E-book ISBN: ISBN: 979-8-9895350-2-6

Este libro es dedicado a mi hijo Alexander Bohannon

Alexander participó activamente en este libro y de igual forma contribuyó en el desarrollo del mismo. Él me ayudó a darle vida al personaje de la historia. Usamos varios rasgos de personalidad e intereses de su vida, para que así se pareciera al verdadero Alexander. Aún muchas de las frases usadas en el libro son las que usamos con regularidad en nuestra casa. Alexander es amante de los autos, zonas de construcción, vehículos de construcción y de Jesús. Nosotros queríamos compartir el amor que él tiene por cada una de estas cosas, para inspirar a otros a tomar buenas decisiones y convertirse en la mejor versión de ellos mismos.

Yo admiro como mi hijo adora la vida, su pasión por las cosas que ama y el compromiso que tiene a sus convicciones. Alexander es único, especial y de mucho valor, porque él ha sido creado a la imagen de Dios. Yo espero que la publicación de este libro solidifique en su alma y corazón la verdad de que él ha sido creado con propósito. Espero que también a sus tres años de edad, esté consciente que ha hecho un impacto de bien para el mundo. Nunca es muy tarde para comenzar a ayudar a otros y traer nuevas personas al Reino de Dios.

Era una mañana fría y lluviosa cuando Alexander decidió dar un paseo en su Volkswagen Beetle. No pudo evitar darse cuenta de que algo se sentía diferente. Él tenía el presentimiento que se le olvidaba algo, pero ¿qué era?

Alexander encendió el motor de su auto y con un fuerte ruido estaba listo para salir. Manejar su auto era una de las cosas favoritas de Alexander, los amaba desde siempre. Puso su auto en marcha y así bajó por la larga entrada hecha de gravilla.

Vroom!

¡Esto es, exclamó! Se me olvidó recoger a mi amigo.

En el pasado, Alexander se había extraviado tratando de buscar la manera de llegar a su destino sin la ayuda de su amigo.

Probablemente, mi amigo me está esperando y se está preguntando donde estoy. Y así mismo fué, antes de que pudiera llegar al final de la entrada hecha de gravilla, Alexander vió que su amigo lo estaba esperando para ser recogido.

Alexander puso el auto al lado de su amigo y le quitó el seguro a la puerta. Entonces, Jesús entró y se sentó en el asiento del pasajero del auto.

"Hola Alexander, que bueno verte, le dijo Jesús con mucha emoción en su voz."

Alexander le respondió, "Sí Jesus que bueno verte, tú eres una parte importante en esta aventura de manejar mi auto."

Alexander le dijo y le preguntó a Jesús, "Sé que el sistema de navegación del auto me dice donde estoy y a donde necesito ir, pero, ¿verdad que me redijirás si tomo el camino equivocado o si me salgo de la ruta que debo seguir?"

"Así es Alexander," le respondió Jesús. "Mientras que tu quieras mi ayuda, yo te ayudaré dándote dirección en esta jornada."

"¡Maravilloso! ¡Entonces estamos listos para arrancar ¡1, 2, 3 vamos! ¡Vroooooom, vrooooom!" Alexander le da al pedal de la gasolina y el auto acelerado va bajando las carreteras llenas de curvas por donde el vivía.

Vroom!
Vroom!

De repente, Alexander vió un letrero que le advertía bajar la velocidad y prestar atención. Algunas veces, durante nuestra aventura con Jesús, habrán señales del Espíritu Santo alertándonos acerca del algo muy importante que necesitamos saber en nuestra jornada.

SLOW

Luego, Alexander vió algunos trabajadores de construcción trabajando en la carretera. "Oh, oh, tenemos que bajar la velocidad" gritó Alexander. Pudo ver algunos vehículos de construcción y maquinarias en el lugar de trabajo. Miró un camión para botar basura, un camión de mezclar cemento, un tractor que derrumba edificios y un camión de carga frontal. Estas maquinarias y camino serían usadas para instalar la ronda que ayudaría en el flujo del trafico.

Una vez que el auto se detuvo completamente uno de los trabajadores de construcción tocó la ventanilla del conductor. Le dijo a Alexander y a Jesús que necesitarían buscar una ruta alterna, ya que la carretera estaría fuera de uso por un tiempo.

Jesús inmediatamente sacó su mapa, la Biblia. El Padre de Jesús en el cielo, le había dado este mapa y Jesús lo iba a usar para ayudar a Alexander cuando se sintiera confundido o preocupado acerca de qué hacer. Jesús le dijo a Alexander que Dios nos había creado a todos con un propósito y que Él tenia la ruta que el Padre quería para nosotros.

"Sabremos que estamos en el camino y la dirección correcta si seguimos el mapa al pié de la letra. Aún cuando parezca o se sienta que estamos tomando un desvío no te preocupes; porque Dios siempre sabe el camino correcto" le dijo Jesús.

Continuó Jesús hablando, "Entonces Alexander, ¿qué ruta tomarás hoy? Hay dos caminos que puedes escoger. ¿Escogerás el camino que te lleva a la destrucción o el que te lleva a la vida? ¡La decisión es completamente tuya!"

¡Yo escogeré el que me lleva a la vida!, exclamó Alexander.

"¡Maravilloso! Estoy muy feliz de escuchar eso, así que vamos," le dijo Jesús.

Tal como Alexander, todos tenemos la opción de escoger cual camino tomaremos. Alexander escoge vida. Él también ha escogido usar el mapa de Dios (La Biblia) y su amigo Jesús (su sistema de navegación) para ayudarlo a donde tiene que llegar. Ahora te toca a ti escoger. ¿Escogeras la vida?

Versos para memorizar:

Proverbios 3: 1-8

Hijo mío, no te olvides de mi ley;
y tu corazón guarde mis mandamientos;
porque largura de días y años de vida
y paz te aumentarán.

Misericordia y verdad no te desamparen;
átalas a tu cuello, escríbelas en la tabla de
tu corazón; y hallarás gracia y buena opinión
en los ojos de Dios y de los hombres.

Fíate del SEÑOR de todo tu corazón,
y no estribes en tu propia prudencia.
Reconócelo en todos tus caminos,
y él enderezará tus veredas.

No seas sabio en tu propia opinión;
teme al SEÑOR, y apártate del mal;
porque será medicina a tu ombligo,
y tuétano a tus huesos."

Acerca del Autor

Ashton es esposa y madre de dos niños pequeños. Antes de cambiar de profesión para convertirse en ama de casa a tiempo completo, trabajó en el sistema de escuelas públicas como consejera de escuela primaria. También, ha invertido tiempo trabajando como maestra a nivel preescolar. Tiene una maestría en educación al igual que un bachillerato en sicología. Su meta principal en la vida, es criar niños piadosos que amen a Dios y enseñarles que vayan al mundo para hacer una diferencia en la vida de otros. Ella también desea traer a otros niños a la familia de Dios enseñándoles la verdad de Su Palabra.

www.ingramcontent.com/pod-product-compliance
Lightning Source LLC
Chambersburg PA
CBHW080809020826
48982CB00016B/855

* 9 7 9 8 9 8 9 5 3 5 0 0 2 *